다섯번째 유서

여연경

경계선인격장애와 우울증에게

다섯번째 유서

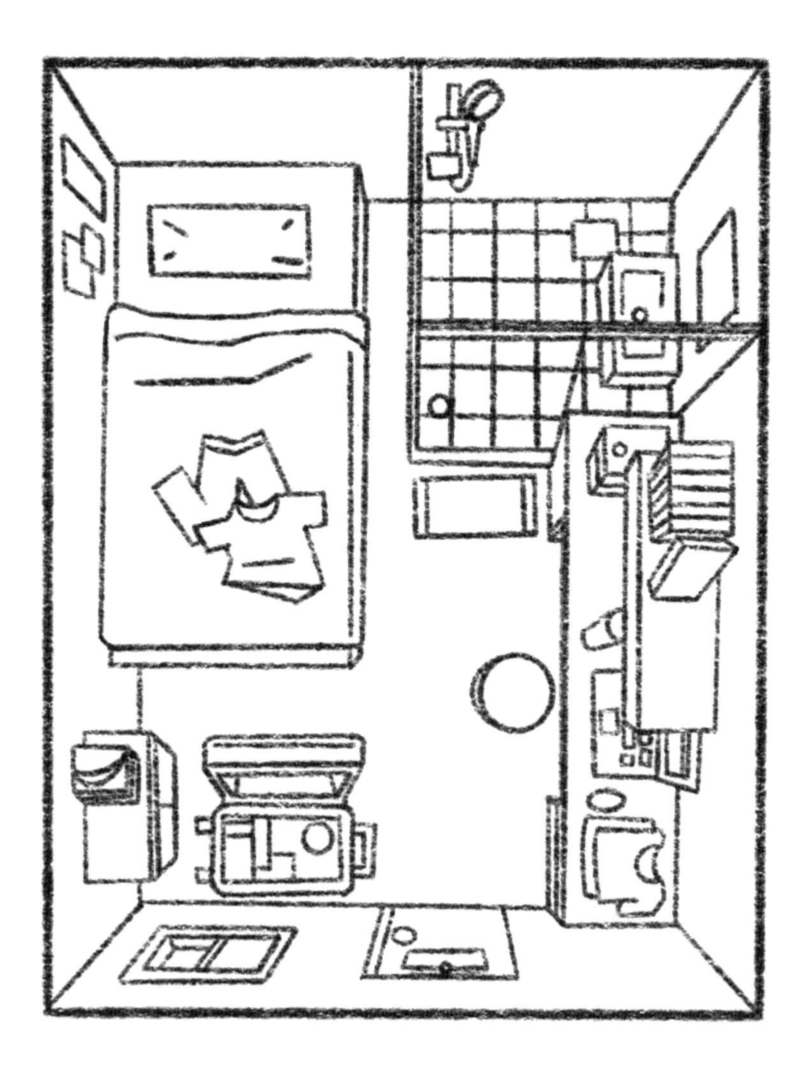

시작하는 말

대학 시험에 3년 연속 떨어졌습니다. 모두 실패했지만, 아무것도 남지 않은 것은 아닙니다. 공허함을 글로 쓸 수 있게 되었습니다. 시간이 흐르면 모든 것이 변합니다. 저는 입시 앞에 무력해진 대신 책을 쓸 수 있는 사람이 되었습니다. 대학교에서 생활할 날들을 병원에서 나기도 했고, 그곳에서 좋은 인연을 만나기도 했습니다. 그동안 성장하며 쓴 글을 나누고자 책을 엮었습니다. 그리고 이 책을 마지막 유서로 여기려 합니다.

#1

유서, 첫 번째

첫째. 정신병은 초기에 고쳐라. 너무 귀찮고 연비가 좋지 못하다. 하지만 작은 정신병은 또 천대받겠지. 마음대로 약을 끊고 사춘기라고 생각하고 병을 키워 가겠지. 정신병자임을 인정하라.

둘째. 더 이상 귀찮아서 살 수 없겠다. 귀찮기보단 버겁다. 안녕 안녕. 남은 사람들은 뭐 정신병이 없다면 그대로 쭉 사시면 됩니다. 이해하지 마세요. 이해되면 정신병자.

셋째. 해가 벌써 져버려서 싫다. 겨울을 나고 싶은 마음이 없다. 너무 많은 걸 느껴서 힘이 든다. 감각의 소실! 최고의 경지, 나의 이상. 과도한 감각 증세…. 굴러다녀야만 버틸 수 있을 것이야.

넷째. 실패한다면 너무너무 화나겠고 성공한다면 너무도

슬프겠다. 불구는 되지 않게 하소서.

다섯째. 오랜만에 마시는 커피, 마포대교든 양화대교든
고층의 우리 집 창문이 제일 확실하겠지만 나름의 배려.
집값과 남은 이들의 삶.

죽을 각오로 살라는 애들은 밥 먹을 힘으로 운동해라.

자살이 나쁘다고 생각하지 않는다. 정신병이 나쁘다.

나는 너무 늦어버려서 나쁜 사람이다.

#2

그때의 기억을 되살려 보겠습니다.

우리 집에서 홍대로 미술학원 선생님을 본다 하고 집을 나섰다. 흰 셔츠, 검은 원피스에 검정 재킷을 입었다. 평범한 블랙 패션은 캔버스와 치마 덕분인지 확실히 장례식장 차림은 아니었다. 거울에 비친 내 모습은 장례식에 한 번도 가보지 못 한 티가 났다. 오히려 발랄한 편이었던 옷차림이었다. 죽을 때는 새하얀 옷을 입는 게 맞나? 하는 엉뚱한 생각도 했다. 아, 콘택트렌즈가 문제가 될까 싶어 일부러 안경을 쓰고 갔다. 다리에서는 벗고 있었지만, 다시 생각해 보면 그런 것에 신경 쓴 자체가 완전히 죽어버리겠다는 심산은 아니었구나 싶다.

우울한 듯한 승객이 택시 기사님의 신고로 구조되어 자살 실패한 일화를 본 적이 있다. 그래서 마냥 우울해 보이고 싶진 않았다.

버스 타기 전까지는 덤덤했다. 하지만 이내 무너져 버리고 말았다. 내 옆자리에 꼬마가 아빠 무릎에 앉아있었던 상황이었는데, 이것저것 만지며 장난치는 꼴이 어린 나와 우리 아빠를 연상시켜 버렸다. 하지만 눈물이 나버린 건 아빠를 연상시키기도 전이었다. 무의식적인 반응이었는지 모든 것이 슬퍼 보이는 상황이었을 뿐인지. 버스가 달리는 한 시간 내내 눈물을 참느라고 꽤 힘들었다.

상반되게도 신나는 제이팝 노래를 들었다. 아이 아빠가 아이를 챙기는 것도 슬펐고 버스에서 청승맞게 눈물이 나는 것도 슬픔을 곱했는데, 이 노래들을 다시 듣지 못하겠지, 해서 신나던 노래도 슬퍼져 버렸다.

사당역에서 환승하기 전에 흰 꽃을 샀다. 그 와중에 저렴한 지하상가 꽃집을 찾아갔다. 남은 돈이 얼마 없었기 때문이다. 구질구질하게 느껴진다해서 돈이 불어나지는 않았다.

꽃집에 들어서서 흰 꽃이 있느냐고 물었는데 카네이션밖에 없다고 하셨다. 계산이 끝나는 순간까지 조용했다. 그때도 좀 눈물이 났다. 막상 제대로 준비하려니 그런건지.

죽기전인데도 저렴한 꽃을 사는 것에 눈물이 난 건지.
나의 죽음을 미리 애도할 사람은 나 밖에 없다는 것을
알아차린 것인지. 알 수 없었다. 그러고보니 꽃집 사장님은
나를 장례식에 가는 사람으로 생각했을 수도 있겠다.
무작정 흰 꽃을 찾는 검은 옷 손님이라니. 심지어 눈물이
고여 있었으니. 그녀의 마음을 흔들어 놨을까 싶다. 하지만
불쌍한 나에게 꽃은 하나 사줘야 했다.

전 미술학원 선생님을 만나서 늘 그랬던 것처럼 말장난을 치고 놀았다. 나의 옷을 보시고는, 장난기가 많은 선생님께서는 장례식에 가냐고 웃으면서 물으셨고 나는 맞다고, 근처 병원인 세브란스병원에 장례식을 가야 한다고 거짓말을 했다.
장난이에요. 라고 가벼운듯해 보이는 말은 했지만, 난 나의
장례식을 염두에 두고 한 말이기는 했다. 그토록 장난기 많은 선생님께서는 무슨 일 있는 것 아니지? 하고 여러 번 되물으셨다. 역시 나는 티를 많이 내는 스타일이구나.

아무런 일도 없다고 했다.

예전 재수학원 앞 카페에 들어갔다 커다란 카페 안에 손님이 나 혼자였다. 유서를 쓰기 딱 좋은 곳이었다. 카페에서 제일

많이 울었다. 버스 안과 꽃집, 카페, 세 곳에서 청승맞게 굴었구나. 그곳에서는 유서를 쓴 것뿐만 아니라 날 찾아올 수 없는 사람들에게 마지막임을 통보했기 때문에 엉엉 울어댔다.

유서, 이렇게 적어두고 정말 좋아했던 선생님께 전화했다. 제주도에서 휴가를 보내고 계셨는데. 내가 유서를 쓰고 있다고 말씀드렸다. 그의 휴가를 방해해서 죄송하다고 전해드리고 싶다. 무슨 말이 오갔는지는 잘 기억이 안 나지만 그렇게 하루하루 견디면 되는 거야, 라고 말씀해 주신 것이 뚜렷하다. 그 말이 좋은 건지, 그 선생님이 좋았던 건지, 나는 어찌 되었든 좋았다. 요즘 그렇게 사는 것 같다.

그 뒤로는 혼자 울면서 유서를 갈겨 쓰다가. 군대에 간
친구에게 전화해서 나 장난아니고 오늘 정말 죽을 거라고
진짜라고 오열했다. 당황스럽게 만들어서 미안하다. 오열할
생각도 없었을뿐더러, 내 의도는 죽기 전에 자살 소식을
알리지 않았으면 내 장례식에 올 때 죄책감이 있을까 봐
전화 한 거였는데. 자살에 실패해서 민폐만 된 것 같다.
그리고 오히려 자살을 말리지 못했다는 사실에 더 괴로웠을
것이다. 나는 그를 위해서가 아니라 힘든 티를 내고 싶었던
것뿐이었나보다.

대교에서의 시뮬레이션을 글로 썼다.

가방에 모든 소지품을 넣고 꽃은 옆에 놓는다. 신발은 벗어서 가방 위에 얹는다. 난간에 올라가기 전 꼭 안경을 벗어서 가방에 넣는다. 눈물이 나면 세 번 닦고 낙하, 한숨 세 번 쉬고 낙하, 핸드폰은 꺼두자. 이제 글을 다 쓴 것 같으니 진정하고 정원 선생님을 뵙고 택시를 잡자. 정신병자로서 민폐가 많았으니 얼른 끝내야겠다.

전 재수학원에 갔다. 유서를 보여드렸다. 의식의 흐름을 따르는 이상의 소설이 생각난다고 하셨다. 나는 이때도 슬펐다. 다신 이러지 못한다는 생각 때문이었다. 선생님께서 날 위해서 꽃을 사러 가주셨다. 실은 내가 사달라고 졸랐다. 흰 꽃잎 끝에 분홍색 물이 들어있었다. 내가 골랐지만서도 흰 꽃을 선물 받은 것이 좋았다. 그리고 선생님께서는 얼른 집으로 가라고 말씀하셨다.

나는 꽃들을 들고 택시를 타고 대교로 향했다. 핸드폰, 겉옷, 가방, 안경, 꽃 두 개, 신발을 두고 칼날 하나만 주머니에 넣어 난간으로 갔다. 이때는 눈물이 아예 안 났다. 피만 조금 났다. 정신병동에서 만난 감정이 없어 보이던 언니처럼.
나보고 뭐 하시는 거냐고 묻던 여자에게

죽으려고요. 하고 대답했다.

그 후, 경찰서로 가게 되었다. 일단 대교는 생각보다 담이
높았고, 철사로 위쪽을 막아놨는데 나처럼 체구가 작은
사람도 넘어가기 힘들었다. 얼굴과 목까지는 철사 사이로
집어넣을 수 있었다.

현실은 내 생각과 달랐다. 철사 사이를 통과하기도 전에
대교를 지나다니는 시민이 너무 많았다. 날 보고 뭐하냐고
묻던 여성분과 뒤에서 날 꼭 끌어안고선 내려주었던
여성분도 계셨다.

물 한 방울도 묻지 않고 투신 실패. 대교 밑에서 보트가
빠르게 달려왔고 구급대원분들이 왔다. 소지품을 검사뒤에
칼을 빼앗겼다. 그 이후가 좀 피곤했다.
한강 투신으로 죽기는 시도조차 힘들다는 것. 빠졌을 때를
생각하고 갔는데 허무하게 돌아올 수도 있다는 것. 그런 자

세한 것들은 알지 못했지만, 한강에서 구조활동을 한다는 것쯤은 알 수 있었다. 사실은 죽는 것은 쉬운데 무서워서 죽기 힘든 방법을 쓴 것이겠지.

#3

첫 정신병동 입원이었다.

첫날에는 병원에서 필기구를 안 줬다. 그래도 방에 티비가 있어서 그리 심심하지는 않았다. 화면에서는 잔나비의 최정훈이 노래를 부르고 있었다. 고등학생 시절 그를 좋아했던 일이 생각났다. 자연스레 그때의 아픔 또한 떠올랐고 내가 이른 입원을 했으면 어땠을까 하는 생각에 잠겼다. 부질없는 생각이었다. 작은 정신병이 그런 치료를 받을 수 있을 리 없으니까. 정신병. 유독 숨기게 되는 병이다. 고등학생 적에 나는 정신의 작은 균열을 채워 넣을 생각은 하지 않고, 일단 종잇조각으로 감춰만 뒀다. 정신병을 창피하게 느꼈던 것 같다. 그렇게 균열을 채울 시기를 놓쳐 지금의 내가 된 것이다.

병원 안 모든 게 신기하기만 하다. 휴지, 샴푸, 수건, 비누 등 생필품을 가지고 오지 않았는데 사야 한다고 했다. 입원에 대해 조사할 기력이 달렸던 탓에 헛돈을 쓰게 됐다. 이따가 매점에 대해 물어보려 한다. 과자도 팔더라. 여기도 다 사람 사는 곳이구나.

어제는 오자마자 눈물을 찔끔 흘리고, 불안해서 방을 엄청나게 걸어 다녔고, 잠만 잔 것 같다. 못 잘 줄 알았는데! 그리고 주치의 선생님이 와서 엄청나게 질문 세례를 퍼부었다. 갑자기 밖에 비가 온다…. 엄청 많이. 그리고 오늘 금요일이더라? 왜지? 지금 나가서 과자 사달라고 해봐야겠다. 매점 주문 언제 해요? 묻자마자 간식 받을게요~ 하더니 다른 환자들이 우르르 달려와서 ~하고요. ~몇 개요. 이러고 갔다. 당황…. 주문한 것 언제 주냐니까 내일 아침이라고 했다. 그래서 아니, 저 어제도 못 씻었는데요? 했는데, 잠깐 밖에서 누가 소리 지르고 있다. 그러니까 내 건 오늘 준다고 했다. 근데 소리 지르는 사람이 내 병실 간다고 해서 짐 들고 복도로 왔다. 무섭고 짜증난다.

다른 병실에 있는 언니들을 만나서 같이 담배를 피웠다. 두 개비나 나눠줬다. 잘해주는데 왠인지 무서운 기분이 들었다. 지금은 다들 어디로 갔는지 모르겠다. 여기 있으니 좀 붕 뜨게 된다. 빨리 해가 졌으면 좋겠다. 여기는 너무 밝다. 항상 방에서 어둡게 지내다 와서 그런지 위화감이 더해진 느낌이다. 어떤 언니가 날 보고는 별로 안 우울해 보인다고 했다. 다들 거의 안 웃는다. 아까 어떤 할머니는 나보고 착하게 살라고 안 그럼 잠지 다 없어진다고 그랬다. 흠. 언니들이 듣더니 이상한 사람이라고 무시하란다. 좀 자야겠다. 몇 시인지도 잘 모르겠다. 방에 시계를 안 달아놨다. 밥도 두 번이나 먹고, 담배도 피우고, 과자도 먹고, 착한 언니랑 얘기도 하고, 화장실도 갔는데 아직도 4시다. 조금 끔찍하다. 무슨 병인지 모를 할머니가 헛소리하면서 걷고 있고 방문이 다 안 닫힌다.

9월 23일인가? 금요일 정신병원 2일 차.

#4

플러스펜 안 뺏으면 안 되나?

간식으로 피크닉을 받았다. 아껴 먹어야겠단 생각을 했다. 밖에서 자꾸 소리를 질러서 혼자 있어도 너무 혼란스럽다.

지금 내 사고로는 아무런 결정을 할 수가 없다. 그 무엇도 판단할 수가 없다.

후회되는 건 귀마개를 사 오지 않은 것. 심한 정신병을 가진 아줌마들과 얘기한 것. 나를 더 혼란스럽게 하는 것 같다. 그래도 입원 전보다는 안정되었지만.

친구가 빌려준 만화책을 언니들에게 읽어보라고 빌려줬다. 다들 너무너무 심심해하는 중이거든. 그나저나 빨리 취침 약 먹고 자고 싶다. 나의 치매 전문 병원 체험기라고 생각하며 견디고 있으련다.

내가 저혈압 있다니까 정신과 약들이 혈압을 좀 낮춘다고, 그러니까, 갑자기 일어나지 말랬다. 아까 방금 좀 휘청했다. 그래서 붕 뜬다, 멍하다, 피곤하다. 이게 전부다. 혼잣말을하게 되어 무서운 것도 있지만 어제보단 덜 불안하다.

하나 신경 쓰이는 것. 아까 핸드폰 잠깐 받았을 때 내가 전화 건 사람 중에서 못 받은 사람들 속상할까 봐.

드디어 해가 졌다! 기쁘다. 피 뽑은 곳에 시퍼런 멍이 들었다. 멍때리기 대회 내가 지금 나가면 1등인데. 이런 것도 도핑 걸리나? 다시 조용해지니 좋다.

현재 상황과 생각을 그대로 받아쓰니 문장이 항상 이런 식으로 이어진다.

아까 복도에서 누가 오줌 쌌다. 난 못 봤는데 보호사님이 큰 소리로 얘기했다. 폭력적인 건 아니고 조현병? 이라 작게 얘기하면 소통이 안 된단다. 그분이 나 짐 들어주신 분이다. 키 큰 사람.

신기한 게 내 핸드폰 배터리 없었는데 충전해 주시나 보다.

짱이다. 지금 방은 4인실인데 나 혼자 사용한다. 웬만하면 혼자 쓰게 해준다고 그러더라 당연하다고 생각한다. 왜냐면 난 꽤 멀쩡한 편이다. 무기력해서 사고도 잘 안 치는걸.

토요일 정신병원 3일차

#5

혼란스러워요. 혼란스러운데 왜인지 알 수 없어서 혼란스러워지는 혼트로시카*. 눈물이 나요. 나한테 뭘 더 얼마나 빼앗을 수 있을지. 내가 고장 났다고 생각하면서 고칠 생각은 않고 스스로를 괴롭히고 싶습니다. 날 난도질하고 목 졸라줄 사람이 있었으면 싶어요.

왜 나는 나를 가만두지 못할까. 나 자신을 그만 불쌍해할 때도 되지 않았나? 왜 불쌍하다고 생각하지? 나는 내가 아주 아파서 힘들었으면 좋겠어요. 아픈데 그게 내 탓이 아니고 어쩔 수 없이 아픈 삶. 나에게 삶이 얼마 남지 않아서, 자살을 선택하지 않아도 되어 오히려 평화로운. 노력으로 나을 수 없는 병에 걸린 삶이란….

그냥 잠에 들고 일어나지 않을래요. 하루에 두 시간만 깨어있고 꿈에서 살아가는 삶을 바라고 있어요. 삶이 이어지는 게 벅차고 어떠한 것도 해내고 싶지 않아요. 뭘 해낸다고 해도 내 비루한 실력이 들킬 것 같아 무섭고요.

작은 쓰레기 하나 버리러 나가는 것도 힘들어서 앞으로 혼자 살아갈 자신이 없어요.

나의 상황이 애매하게 망해가서 슬퍼요. 차라리 완전한 비극이길 바라요. 하고 싶은 것은 아무것도 없고요. 사회적 지위를 책임지는 것은 벅차요. 힘들어요. 땅속에서 발로 밟히고 있는 기분이에요. 내가 뭐라도 된 것 같이 대해주던 미술학원 선생님이 보고 싶어요. 난 너무나도 슬픈데 몸은 너무 멀쩡해요. 그 점이 억울해요.

사람들을 그만 만나고 혼자 있고 싶으면서도 외로워요. 잘 모르겠어요.
긴 글은 결핍, 구획, 심상, 구유. 차라리 현실을 몰랐으면. 망상이면.
팔자가 이상해. 돈을 너무 많이 써.

돈을 벌지도 못하면서 결제 중독, 정보 중독, 인터넷 중독에 시달리고 있어요.

*러시아 인형인 마트료시카에서 따온 말, 인형 속에 인형이 있고 또 그 인형 속에 인형이 있는 형태

#6

유서, 두 번째

귀찮습니다. 열등감으로 삶이 힘들기만 합니다. 죽으면 후회할 것들, 일어날 일들은 생각나지 않습니다. 내 뇌는 이미 죽었을 터, 저번과 다르게 눈물은 아직 나지 않아요. 아무래도 ○○가 좋겠죠? 자주 보기도 했고 펜스도 낮고 좋은 것 같아.

남은 인덱스도 딱 두 개. 내가 좋아하는 빨간색, 문장이 많이 나아진 것 같네. 유서에 쓸 말도 없는 삶이었구나.

가족들에게 할 말이 있다면 내 옷가지를 몇 개 챙긴 후 남은 내 취향은 같이 태워주길. 나를 위해 모은 돈은 바보같이 날리지 말고 내 장례식에 쓰거나 언니들에게 나누어 주기를. 나는 진심으로 △△대학교가 가고 싶지만 갈 수 없기 때문에 죽을 겁니다.

#7

싱글사이즈 침대 두 개가 겨우 들어갈 집에 살았다.
현관문을 열면 설거지를 할 수 없던 집. 집이라고 하기엔
한칸의 공간일 뿐이었던 곳이다.

매일 아침 골목의 절을 지나 재수학원으로 뛰어다녔다.
재수학원이 끝나자마자 홍대입구역에서 선릉역으로
달렸다. 주말이면 화성에서부터 선릉역까지, 그리고 다시
홍대입구역까지 달렸다.

그러나 매일 뛰어다녀도 시원치 못했다. 생활반경이 같은
사람은 아무리 먼 길을 다녀도 좁은 집에 사는 것과 같다.
좁은 집에 살면서 좁은 집에 사는 것과 같았던 나는
좁아지고 있었다.

좁은 집에 산다는 건 부딪힐 일이 많은 거다. 그리고 부딪힐
곳이 많은 집은 안온한 곳이 못 되고 바깥은 안온할 수
없으니 안온할 수 없는 사람이 되는 거다. 사람이 차지하는

공간은 결코 침대 한 칸뿐이 아니다. 방 속에 차 있는 공기, 트여있는 하늘 또한 사람이 차지할 공간이다. 비로소 안온한 곳에 살려면 말이다.

#8

10월 24일 월요일

오늘은 슬퍼서 무엇도 할 수 없다. 그래서 내 첫 번째
유서의 옆 페이지를 적어본다.

조증 증세 검색이 힘들다. 단순히 기분이 좋은 건 조증이
아닌데 조증이 재미있나.

이게 조증이 있는 건지 정상적인 감정인건지 헷갈린다.

근 3개월간 만나준 지인들에게 감사합니다. 나는 사람을
질리게 하는데 아직 친구가 꽤 있어서 신기하다. 그들은
어떨지 모르겠지만, 나는 오락가락한 나한테 질려버렸다.

나는 사람이 죽음에 가까워지면 종교를 믿는다고
생각했다. 나도 그렇게 되었다. 철학이 정말 쓸모없나?

입원전에는 내가 죽을 것 같아 무서웠다. 그래서 입원했고, 어떻게든 살려고 한 것인데, 이제 입원하고 싶지 않다. 살고 싶지 않기 때문이다.

#9

눈치 도둑질, 가족들의 감시, 나는 21살이 맞는가?
아무런 것도 없이 길가에 버려지고 싶은 조증, 세진*이라는
캐릭터, 문제는 나. 간절한 적이 언제인가?

조현병 할머니, 환청 듣는 언니, 멀리서 슬퍼했고,
가까이하려 하지 않았다.

(약 이름), 유일한 희망 (약 이름) n개 위세척과 실패의
위험. 나는 어떤 마음으로 입원했고 왜 입원을 기피하고
있는가? 단지 부모와의 단절, 독립과 완전한 독립의 시도,
조현병스러운 말씨와 모방.

정신병자를 혼자 두지 말아라가 다시 원인으로 돌아와서
스트레스를 준다. 수지선생님이 말했던 홀로서기는…
나에게 없는 것. 죽어버릴 거예요. 누군가 목 졸라
죽여주었으면 한다.

*세진, 영화 〈어른들은 몰라요〉의 주인공

#10

나를 괴롭힌 사람들을 문책하고 싶지는 않아. 그러나 그들이 내 정신건강에 부정적 영향을 끼친 것은 분명하다. 그렇다고 해서 그들에게 벌을 준다면 나의 회복, 행복인가? 아니다. 남을 고통 주는 행동을 즐기지 않는다. 오히려 더 슬퍼질 것이다. 만약 벌이 나에게 행복을 준다면 그 사실에 다시 힘이 드는 것이 나다. 그들 중 사랑하는 이들도 있고 솔직해지자면 혐오하는 이들도 있다.

나는 애매하게 착한 현대인 중 하나인가보다. 하정언니의 말에 따르면 사람의 마음에는 원래 사랑이 없다고, 혐오하는 마음이 있을 수밖에 없다고 했다.

수능을 공부할 때 봤던 지문인데 어떤 여인이 그를 사랑한다고 생각하면서 본인의 바람을 투영한 그를 그렸다. 현실의 그는 그녀의 왜곡된 시선과는 달랐다. 나는 왜곡된 사랑만을 하면서 살아온 것 같다. 무키무키만만수의 2008년 석관동이라는 노래를 들으면서 나의 무의식을 이해했다.

모든 사람은 추한 면모가 있는데, 그건 당연한데, 자기혐오는 퍼져나가 인간혐오로 이어졌다. 이상적인 모습만을 보려 했다. 현실에 존재하는 진짜사람을 인정하지 못했다. 사람은 씻지 않으면 더럽다. 사람은 체취가 있다. 사람은 털이 난다. 사람은 세균을 갖고 있다. 사람은 먹고 배설한다. 나는 이런 당연한 사실이 힘들다. 나 자신이 이런 것도 싫은데 내가 사랑하는 사람 또한 이렇다는 것을 포용할 수 없는 사람이다. 그래서 관심 두던 사람과 가까워지면 흥미가 떨어진다. 18살의 나는 내가 그런 사람이라는 것을 알고 절망했다. 그동안 사랑을 그렇게 갈구해 왔는데 막상 사랑을 받으니 지쳤다. 많이 지치고 절망했다. 헤어져서 적이 되어버리는 것도 무서웠다.

모든 사람의 마음에 들 수는 없다. 알고 있으면서도 나는 과하게 반응한다. 서로 혐오하는 사이에도 그에게 욕을 들으면 정말정말정말 무너질 것 같다. 나는 누구에게든 욕을 들어도 당당한 아이였는데, 오히려 따지고 들 수 있는 그런 아이였는데, 이제는 너무 많이 진심으로 슬프다.

정념에 휘둘리지 말라던 스토아학파. 철학은 보존되어야 한다. 혐오와 폭력이 짙어지는 만큼 철학과 종교는

필요하다고 생각한다. 혐오가 철학과 종교를 삼킬 때 사회적
본능이 남아있을지 남아있다면 외로운 삶들이 있겠고
사라지게 만든다면 불신의 나날이 이어지겠다.

요즘 나는 주관이 없다. 원하는 음식조차 없고 양자택일도
힘들다. 내가 결정을하려고 하면 머릿속에 커다란
두부가 들어서 그 속에서 탈출하는 것 같다. 수동적이며
무기력하다. 두부가 만들어지듯, 천천히 응고되는
느낌이라곤 못 하겠다. 갑작스레 들어찬 머릿속의 두부.
학습된 무기력과 수동적 삶. 두부에서 탈출하는 느낌은
답답하고 멍해서 술을 왕창 먹고 두부 속에서 그냥 잠들고
싶다. 하지만 두부가 있으면 술을 마실 수 없고, 두부가
없으면 뇌 속을 마음껏 헤엄치다가 자살을 결정하겠지.
누워서 잠잠히 어딘가에 스며들어서 컴퓨터의 종료 버튼을
누른 듯이 그렇게.

결핍은 채우지 않고 채워진 부분을 깎아 아무런 것도 되지
않는 편이 좋겠다. 결핍이 모여서 많이 모여서 0으로.

#11

18살에 처음 먹어본 프로작은 부작용이 적었다. 있던 부작용이라곤 음식 냄새가 역해지고 식욕이 줄었다 정도. 그때 먹은 프로작이 딱히 도움도 안 됐다. 그래서 마음대로 병원에 가지 않고 약을 빼먹는 날이 늘었다.

성인이 되고 나서는 아주 힘들 때나 가끔 병원에 가서 근황을 전하고 약을 처방 받을 때도 있고, 아닐 때도 있고. 이때까지는 약의 효과를 몰랐다. 심플하게 프로작과 조그마한 흰색 약을 먹었고 무기력증이 심해 자살 충동도 아주 덜했다.

그리고 올해 8월에 다시 집 앞에 있는 정신의학과를 찾았다. 18살 때부터 다녔던 병원이라 검사를 다시 안 해도 돼서 좋았다. 이번에는 꾸준히 약을 먹겠다는 굳은 다짐을 했다. 결과적으로는 한동안은 잘 지켰다.

그다음 달에 며칠간 음주를 했고 마지막으로 술을 마신

날에는 내가 그동안 느낀 번아웃, 절망이 다 합쳐져서 왔다. 그때가 응급실에 처음 실려 간 날이다. 그 후로 더 치료받고 있지만 예전보다 더 힘들다.

거기서 멈췄다면 내 살들은 깨끗해질 희망이 있었을 텐데. 해소적인 자해는 중독성이 높다. 그리고 흉터는 골치 아프다. 2주 정도 자해 충동이 없는데 오늘은 흉터 때문에 참는 날이다.

자고 싶지 않다. 혼자 조용하게 있고 싶다. 방문을 열어 놓고 싶지 않다. 진짜 몇 달째 이런 생활을 하는 거지? 제발 혼자 있게 해줬으면 좋겠다.

지금은 약 부작용이 너무 심해서 학원에서 가만히 앉아 그림 그리는 게 힘이 들고, 이게 부작용이 아니라 병이 새로 생긴 걸까 두렵고, 입원 후 생긴 수면장애는 계속되고, 밤낮은 바뀌고, 약이 너무 많아서 간이 걱정되고, 그러면서 약효를 처음 느껴보는 요즘이다.

가끔은 약효가 걱정된다. 무심해지는 기분. 나의 일인데도 멍하고 '뭐 어떻게 되든 신경 안 써!' 같은게 아니라 심각한 상황에 집중이 안 되고, 현실감각이 없어서 일단 해파리처럼 휩쓸리고, 내 감정도 모르겠다. 공부를 못해서 바보가 된 기분과 다르다. 내가 아주 고장 난 바보가 된 것 같다. 뇌가 예전 같지 않다. 하지만 우울하지는 않다. 우울을 없애려고 했는데 현실감각도 없어졌는지 멍하다. 멍하다는 말로 표현할 수 없을 정도로 이상하다. 지금 정말 멍하고 이상하다.

그러니까, 나는 내가 어떻게 되든 말든 흐르는 강물에 종이배가 흐르는 걸 관찰하듯이 나를 대하고 있다. 근육이 경직되면 주먹으로 나를 치고 달리고 계단을 몇 번씩 오르내리고 주관이 없다. 그대로 따른다. 지금 느끼는 무심함은 신경 쓰지 않겠다고 다짐한 것과 다르다. 말로 표현할 수 없다.

지금 원하는 건 사고회로가 돌아오는 것, 근육을 비틀고 싶은 충동이 사라지는 것, 독립적 자아를 갖는 것.

자살은 하지 않고 싶었는데, 오늘은 달랐다. 아침에 세수하고 나서 여기서 그만두면 편하겠다는 생각이 들었다. 모든 것이 의미 없고 내 모든 행동이 낭비 같고 하는 일마다 말아먹을 것 같다. 실제로도 다 망쳐버렸다. 성공한 일이 하나도 없다.

지금 잠들어 모든 쾌락과 고통이 사라지면 좋겠다. 죽음은 경험할 수 없기 때문에 두려워할 필요가 없다던 그 철학자처럼 쾌락보다 고통이 심해지면 혼란스럽고, 진정되면 삶을 멈추고 싶다는 것으로 이어진다. 반복. 반복. 반복.

그런데 안락사는 할 길이 없고 용기도 없고 자살 시도하기에는 그 고통을 감내하고 싶지 않으니, 눈을 다시 못 뜨고 내 몸 곳곳이 천천히 죽게 되기를.

#12

서러워요. 낮에는 약 기운에 잠이 들어버리고, 새벽에는 잠이 깨버리고. 요즘은요. 꿈이 더 좋아서 일어나면 지옥 같아요. 눈물이 나는데 알아주는 사람 없고요.

부족하지만 정신과 약 과복용했어요.
다 먹어버렸습니다. 어떻게 될는지
술을 마시니 더개롲ㅍㅈ조조조보야요

나므 어ㅣ즉어 흔ㅁ적 눈득 rㄷㅅㅅㅅㅅㅅ해ㅜ 저ㅏㅡㅈㄷㄴㄴ
ㄴㄴㄴㄴㄴㄴㄴㄴㄴㄴㄴㄴㄴㄴㄴㄴㄴ업브——————————
————————자으———————————————으오——ㅇ
ㅇ러

#13

죽고 싶지만 되돌릴 수 없는 것은 너무 무섭잖아요.

하지만 죽게되면 무섭지 않을 텐데 왜 이런 고민을 하게 될까요? 지금 제 방에는 창문이 있고 24층입니다. 즉사할 수 있는 곳이면서도 안전한 곳에 살지요.

죽음은요, 효율적이에요. 나를 내버리고 미래의 물밀듯이 밀려오는 걱정을 싹 걷어낼 수 있잖아요. 과거의 쪽팔림 또한 덤으로 없애줘요.

그런데 왜 죽음을 선택하지 않고 이승에서 허우적대는지 모르겠습니다. 결국 죽고 싶지만 되돌릴 수 없는 것이 두려워서일까요. 내가 모르는 세계인 저승에 대해 호기심이 들지 않는 것은? 정말 끝이었음 해서? 아니면 이승에서의 삶이 사실은 마음에 들어서? 오늘 밤 안에는 알아낼 수 없을 것 같아요.

#14

자해 흉터와 낫지 않은 나. 나는 아직 정신병 환자이다. 나는 경계선인격장애 기질이 있고 아직도 자다 깬다. 누군가는 수험생으로서 좋은 일이라고 하려나? 나는 공부하는 것은 싫어하면서, 명문대 학생이 되어 삶을 다시 시작하려 했던 것. 나의 잘못이라 이렇게 벌을 받나보다.

공허한 마음을 쇼핑으로 채우지만, 그 옷들이 자해 흉터가 있는 몸에 잘어울려 보일까? 이상한 공주 옷을 입고 칼자국이 가득한 사람이라면 정신병자로 보이기만 할 거야. 그럴 거야.

나는 공허하고 또 공허해서 내가 없기 때문에 다른 사람에게 잘못을 투영하고 내 잘못은 인정하지 않는 자기애성일지도 모른다. 지금도 '모른다'며 회피하려고 한다. 나는 내가 마음에 들지않는다. 정말이지 넌덜머리가 난다. 나는 바보다. 다시 문단을 나누지 않는 글을 쓰고 이상한 양상의 글로 돌아가려 한다. 돌아간다…. 돌아가다 돌아가는 돌아갈 돌아가서 잠을 좀 자야겠다. 6시는 너무 이른 시간이다. 배고픔과 억지스러운 마음을 참고 자는 시도를 해야 한다. 나는 제대로 하는 게 없으니, 시도라도 하는 척이든 시도하든 보여야 한다. 글을 끝내고 싶지 않다. 공허한 내가 채워지려면 멀었는데.

#15

마음먹기에 달린. 점점 힘들어가는 삶. 앞으로의 나의 규율은 작아진다. 만족할 수 없지만 불만족을 토로할 수도 없는 삶. 쿵쿵대는 옆집에는 순응하며 자라겠지.

난 졸리지 않고 이 맘도 변하지 않아. 이 작고 네모난 방에서 얼마나 많은 자아가 왔다 갔다 하는지. 가끔가다 튀어나와 해리성 장애를 가진 듯이 이러쿵저러쿵. 아무도 지금의 인격은 모른다. 나를 화나게 할 누군가를 만난다면 어떻게 변해버릴지 모르겠다.

하루에 약을 하나둘 셋, 하나둘, 하나둘 셋 넷 먹는 나는 지금이 가장 슬픈 시간대. 고어 영화 두 편을 봤다. 아무런 생각도 안 들고 이제 고어 영상을 보아도 아무렇지도 않구나. 무뎌지고 무뎌져서 현실에 무감각해지고 있구나. 나의 멍한 기분을 떨치려 했던 행동은 무뎌져서 먹히지 않았고 다른 사람을 귀찮게 만들었을 뿐이구나. 그렇구나.

22살, 자해 흉터에 문신. 되돌릴 수 없는 자국이 되레 늘어나는게 아닌지 하는 고민도 들었다. 하지만 여름이 다가오고 있었고, 그때는 나의 흉터를 포용할 여력이 없었다. 그러니까 나는 정신병을 티 내지 않으리. 내가 정신병 그 자체가 되어버려 말할 수밖에 없는거면 몰라도.

그만 삶을 끝내고 싶은 나. 모든 것은 빌린 거라는 이민휘의 노래 빌린 입. 이제 나의 몸을 돌려주고 싶은데 멀쩡한 시체를 돌려줄 수 있을까. 빌린 몸을 막 써버리는 예의 없는 나.

빌린 몸에 자해하고싶다. 흉터만 남지 않으면 뭐든 할 것만 같다. 고통에 무뎌 없어져 단점은 흉터 하나. 날 막는 건 흉터 그뿐. 더 이상 막을 수 없을 것 같다.

난 뭘까. 공허함을 채울 수 없어 돈 쓰기에 중독되어서 쓰레기를 만든다. 나의 취향은 이미 죽었고 타인의 취향을 베끼며 연명한다. 나의 기쁨도 져버리고 뭐가 나인지 모를 거고 썩어가는 피부와 살쪄가는 몸뚱아리는 그저 하나의 오브제. 인간의 욕구만 남았고 그 욕구는 참을 수 없다.

나의 정신사납고 즐거운 화법을 빼앗기고, 문장력이 좋아진 것은 결코 혼자가 좋아서 그런 건 아니야. 혼자있고 싶었던 건 아니야. 다만 무음일 뿐이야. 그렇지. 나는 삶을 그만둘 거야. 지금이 때가 아니라는 것은 알아. 그래도 언젠가 그때를 마쳐야 할 것도 알아.

넌 좀 망해봐야 정신 차리지, 라는 말은 망하기도 전에 도망쳐버릴 나에게는 무섭게도, 위협으로 들리지도 않는다. 얼른 도망쳐 버리면 되돌릴 수 없는 일은 일단 피할 수 있다. 도망치고 도망치다 보면 망하게 되겠지만 더 무서운 건 되돌릴 수 없는 것과 되돌릴 수 없을 사람들의 상처인 죽음이다.

아. 아무래도 너무 폐를 끼쳤나 보다. 죄송합니다.
히키코모리가 되어 버릴 거다. 다들 소식 없는 날 포기할 때 비로소 나를 포기할 수 있게 될 거다. 이럴 때마다 가슴이 찌르르 아프다. 그리고 이 감정은 미래에 대한 귀찮음.
앞으로 내 앞길을 책임질 수 없겠다는 생각 그것이 주된 이유다. 고통스럽겠지. 나는 슬프겠고 무섭겠지. 그 많은 남을 향하던 바늘이 어디 가서 날 괴롭히는 걸까? 너무 많았던 남 탓이 나를 무너뜨리고 있다.
난 참 글 쓰는 걸 좋아해. 잘 쓰지 못하지만, 너무 공허해서 어찌할 바를 모르겠을 때도 공허하다고 글로라도 쓸 수 있잖아. 해소하는 글.

#16

고시원에 살면 살수록 서러워졌더랬다. 살던 '집'이라고 부르고 싶지 않은 곳이다. 3년이 지난 지금도 그곳에서 풍기던 인위적인 향이 나면 구역질이 난다.

플라스틱에 대충 들은 떡볶이를 남겼다. 혼자 살면서도 옆방에 다닥다닥 붙어있을 사람들에 자유로움을 느낄 수는 없었다. 항상 입구 쪽 외국인은 큰소리로 전화하곤 했고, 영어를 섞어 쓰던 그 여잔 단체카톡방에서 짜증을 내었다.

그 5층짜리 건물 옥상이 나의 쉼터였는지 눈물터였는지 모르겠다. 단연코 나의 방 한 칸은 그 역할을 하지 못했다. 재수학원 반에서 내가 제일 공부를 잘했는데 내가 제일 죽고 싶었다. 매일 야간 자율학습시간이 끝나는 9시 50분이 될 때까지 오늘은 꼭 죽겠다는 다짐을 했었다. 다시 고시원으로 갈 때 밧줄과 번개탄은 생각보다 구하기 힘들다는 것을 상기시키며 마음을 진정시켰다. 그러고는 새벽 두 시까지 옥상에서 울며불며 이젠 더 이상 친구가 아닌 사람을 찾았다.

아침 7시 반.

기상하여 부랴부랴 학원에 뛰어간다. 다시 줄을 사는
연습을 한다. 내 마음을 달랜다. 엉엉 울어 재낀다.

#17

세 번째 유서

펜도 도와주질 않네요. 괴롭기보다는 귀찮고, 번쩍번쩍 떠오르는 개미의 확대 샷 같은 보고 싶지 않은 것들이 떠올라서요.

요즘에는요. 흙바닥도 무섭지 않습니다. 수면이 오히려 차고 헤엄치는 게 싫어서요.

아무튼 저는 목표가 좌절되어 항복하는 것이 아닙니다. 귀찮음을 따라가는 효율적인 사람이죠. 당연히 지금 당장은 아니에요.

걱정되지 않을. 모두 망각할 즈음에,

탁,

하고,

한 번에.

아무도 모르게.

#18

술에 취해 죽고 싶다는 건 말이야. 본심이 튀어나오는 걸까, 충동적인 사고인 걸까. 어찌 되었든 난 죽고 싶어. 죽고 싶어 함을 더욱더 느끼기 위해 술을 마시는 건지도 모르겠다.

글이 말이야, 아플 때 아니면 써지지 않는다? 나는 아파야 하는 걸까? 더러워진 책상이 날 괴롭혀. 내가 만든 책상인데 말이야. 작업을 끝내고 노트북을 덮으면 보이는 그 더러운 풍경이 나를 멍하게 만들어. 등까지 벌게져 쓰는 글이 이따위라니. 벽 너머 언니는 내가 죽고 싶어 하는 것을 알고 있을지.

삶의 계획이 잡히고 할 일이 차곡차곡 쌓여있어 안정적일 때, 나는 극심한 괴로움을 느껴. 그리고 그 삶을 깨 버릴 궁리를 하지. 안정적인 것을 원하면서도 안정이 다가오면 나를 부수어 버릴 거야. 침대 위에 누워있는 나를 각각 긁어 떼어내면 남은 반쪽이 눌어붙어 난 다시 반쪽을 찾으러 올 거야.

#19

새벽 4시. 경찰관이 집에 찾아왔다. 내가 블로그에 올린 우울한 글이 문제가 되어 내가 잘 있는지 확인하려고였다.

경찰서에서 온 전화를 받고 버럭 화가 났다. 누가 날 걱정하든 말든 이런 관심은 달갑지 않다. 이렇게 되면 가족들은 날 구속할 수밖에 없어진다. 그리고 그것은 나에게 족쇄로 다가오고 날 괴롭힌다.

상처를 엄마가 확인하고 갔다. 정말이지 죽고 싶어지는 순간이었다. 분명 나는 다 나았다고 생각했는데, 단순 불면증이라고 생각했는데, 왜 자해를 한 걸까. 습관적인 자해라면 좋겠다. 내가 행복함을 견디지 못한 것이라면 그 사실을 견디지 못할 것 같으니까.

#20

못생긴 것에 대한 혐오.

그러나 성형수술에 대한 혐오.

돈이 많거나.

적은 것에도 감사할 줄 아는 마음이 있거나.

어디엔가 침을 뱉고 싶어지는 기분. 남을 향한 잣대는 결국 나에게로 돌아와 쌓이고… 쌓여서 곪아간다. 나르시시즘과 자존감. 자신감. 근거 없는 자신감. 근사한 물건을 사재끼는 것은 예쁘지 않은 나의 결핍을 위한 것이구나. 날 위한 선물 같은 것은 없다. 결핍에 미친 나의 몸부림일 뿐인 사치.

공주 옷을 입고 화장을 해도…

40대 남자를 사랑하고 군인이 된 그 애한테 집착하는 것은 바로 결핍의 증거.

사랑을 돌려받는다 해도 나는 받아들이지 못할 거야.
18살의 내가 그랬던 것처럼.

#21

여기에서 빛과 소금을 얻겠다는 작정인가? 작은 정신병동에서는 얻을 수 있는 것이 적다. 이곳의 사람들에게 집착하는 이유는 사랑이 왜곡되어 나타난 걸까. 이건 마치 가면을 쓴 남자를 사랑하던 문학 지문 속 소녀와 같은 상황일까? 이것의 대목은 사랑이라는 이유로 유치하고 실없어진다.

잊고 산다. 나에게 관심 없던 남자들과 나에게 관심 있던 남자들을 모두 잊고 산다. 왜 그들과 사랑의 양을 비슷하게나마도 맞추지 못하고 집착과 증오를 느끼는가. 똑같이 사랑의 양을 나누고 살면 안 되었던 걸까. 이렇게 구는 이유가 뭘까.

탁. 하며 버튼을 누르듯이 생각을 멈춘다.

죽어 살고 싶다. 죽어 산다는 것은 죽고 나서의 삶이 아니라 죽고 난 뒤에야 비로소 살게 된다는 뜻이다. 죽음은 삶의 연속이기도 하고 마무리이기도 하며 애도이기도 하다. 소등시간이 이른 이곳은 늦어봐야 11시까지다. 늦게까지 자고 싶지 않은 날이다. 나는 다시 경계선으로 돌아왔다. 그랜드캐니언을 티스푼으로 채우는 느낌이라던 그의 말처럼. 톡 던져진 나. 깊고 넓다.

각자 나름대로 복잡한 사람과 나. 그들이 많이 좋다. 슬프다. 자존감 높아보이는 그들이 많이 좋다. 동시에 나는 슬프다. 자존감이 높다는 사람들이 어색하다. 나는 나 자신을 좋아하는 것이 어색하다. 재수학원에 다니던 시절 신촌역까지 비에 젖어가며 머리를 자르려던 내가 생각난다. 머리를 자를 시간도, 미용실을 예약할 겨를도 없이 바빴던 그때. 연속으로 미용실에서 퇴짜 맞았던 기억이 있다. 그때도 자신을 업신여겼지. 스스로를 사랑해서 비를 맞아준 것은 아니었다.

나는 병인가? 이것이 병으로 정의되는 것이 맞을까? 한여름 얇은 옷을 입고 모래사장을 걷던 때가 생각난다. 끄믈한 바다.

답을 정해둔 소설이 있을까. 수능은 답이 있는 글이 따로

있는 듯이 대했다. 답 없는 글과 답 있는 글은 타의에 의해 구분됐다. 답을 베끼어 글을 쓴다. 나의 두서없는 글은 선생님이 보시기에 이상의 소설처럼 보였다지만, 이상의 소설만큼 의미 있지는 않았다. 정신병동 복도에 늦게까지 나와 있는 이유는, 물 안에 빠져서 위로 올라오지 않고 싶어서 그렇다. 아가미로 숨을 쉬든 서서히 폐에 물이 차든. 숙. 그 안에서.

이곳에서 먹고 싶은 음식의 꿈을 꾸는 것은 하냥 즐거운 일은 아니다. 꿈에서 깨어났을 때의 묘한 불쾌함. 답답해져서 나의 명치를 눌러 꾸욱욱 바닥이 휘어질 때까지. 밀어내고 싶다. 여기는 철문으로 닫혀있구나.

자고 싶지 않다. 깨어 살겠다. 깨어 살겠다. 극적이지 못한 삶과 으적으적 찌그러진 삶. 다르겠지. 분명 다를 거야. 똑같이 더러워 보여도, 그 둘 사이에는 무슨 일이 얼마나 일어나는지에 대한 빈도수가 차이나. 으적으적 찌그러진 삶에는 일을 다루는 능력이 없다 이 뜻이지. 그 삶에 속한 사람들은 자신이 원망스럽겠지. 나는 일을 다룰 수 없는 내가 원망스럽거든.

사실 모든 치료가 귀찮아. 응, 그래. 나는 치료를 원하지 않나 봐. 으스러져 바람에 날리고 싶나 봐. 내가 원하는 건 남자가 아니야. 사랑. 돌려받지 못한 사랑. 돌려주지 못한 사랑. 남은 사랑이 본질이고 또 문제인 것이다. 응 알지. 이해할 수 없는 본질에 대해.

#22

입원 중 중요한 사실을 깨달았다. 나는 공감 능력이 떨어지는 것이 아니라, 남의 일에 나 자신을 투영시킬 정도로 이입하기 때문에 고통스러워서 남의 힘든 이야기를 못 듣겠는 것이었다.

수능공부를 했다. 한 지문밖에 풀지 못했다. 그림도 그리려다 말았다. 오늘은 병원이 별로 재미있을 것 같지 않다. 내일은 좀 나을까. 별로 그럴 것 같지는 않고, 자기장 치료가 받기 싫다. 나는 가만히 있는 것을 잘 못한다.

전에 먹던 수면제를 다시 먹고 싶다. 잠을 자는 것이 너무 힘들다. 병원 밖이었다면 약물을 다 삼켜버렸을 것이다.

#23

혼자 잠든다는 건. 적응의 동물이라고 병원 밖으로 나와
방안에 누가 없으니 글이 안 써진다. 입원만큼 퇴원도
꽤 어색함을 준다. 의식해서 그런 건가. 병원 침대에
누워있었다면 지금 벽 너머에 누군가 숨을 쉬며 자고
있겠지. 여기는 그보다 더 시끄러우면서도 숨 쉬는 것들은
적다.

있잖아, 예술가라고 아파야 하는 건 아니지만 내 주변은
다 아프더라고. 그리고 아파야 글은 써지고 아이러니하게
본업은 무너져 가더라고. 그들의 글들은 너무나 가치 있지만
본인은 무가치해지는 게 슬프다.

이미 행복한 글은 팔리지 않는 건가. 감정에 호소해야만 하는
걸까. 행복해지는 책은 늘어가고 나 행복해하는 책은 없는
건가. 슬픔을 결박시켜 놓으면서도 슬픔이 팔리는 것은 행복을
못 찾아서 그런지 슬픔에서 울부짖는 건지 알 길이 없다.

#24

충동적 행동에 사로잡힌다. 맞아. 나는 아직 환자야. 그런데 낫고 싶지 않은. 오히려 낫기보다는 전에 살던 대로, 내 병명을 지우고 살아가고 싶다. 우울증으로 낙인 찍히지 않았던 때로. 다시 녹아드는 것. 이것이 내 목표야. 가끔 술로 마음을 푸는 일반적인 사람이 되는 것. 가끔 담배로 속을 푸는 사람, 그렇게 다시 괜찮아져 일상으로 돌아가는 사람. 이거야.

나는 평범해. 다 나았다는 것을 뜻하는 게 아냐. 말 그대로 나는 평범해. 우울증에 걸렸다고 특별한 사람이 되는 건 아니라는 걸 꼭 기억해야해. 자기연민에 빠지면 끝도 없는 병이기 때문에. 일정한 고됨은 오히려 안정적인 상태보다도 안정적일 거야. 고통이 없는 삶은 없으니까. 그러면서도

아. 나를 목 졸라 죽여주시겠어요?

이런 비정상적인 생각은 나의 이성이 흐려질 때 나를 무너뜨려. 그래 무너뜨려. 말 그대로야. 그리고 죽어. 죽어.

죽어. 높은 곳은 지구 어디에나 있으니까.

나는 정신이 없어져서 나를 내 마음대로 할수가 없어.
그래서 모든 나의 목표는 실천적인 게 아니야. 내 속에
있는 명령에 순응하는 거지. 내가 지금 누군가 죽인대도.
순응적으로 군 것이야. 순응적으로 말이야.

조각조각의 문장과 그에 반하는 덜떨어진 말씨. 이 병동은
지우개가 없는 곳이구나. 문장이 무너져도 어찌할 바가 없는
곳이구나. 나가 서서 나를 막을 수 있는 건 없어. 그렇지?
맞아. 나는 내 마음대로 부릴 수 있는 육체일 뿐이야. 무슨
말인지 알지? 나의 모든 것을 존중해. 내가 바랄게. 알겠지.
가끔 일부러 문장을 뭉개. 삶은 계란을 지그시, 아주 지그시
밟던 것처럼. 그렇게 하면 순식간에 쓰레기로 전락하거든.
이제 혼자만의 시간인 거야. 글을 쓰며 살아갈게.

다들 집에 가버린 거야. 이 병동에서 떠난 것뿐만 아니라
미련도 가버린 거야. 미련이 없거든. 나는 그걸 품었는데.

#25

유서, 네 번째

죽을 건 아니지만 잘못 조절해서 죽어버린다면 유서는 있어야 나를 이해할 수 있겠죠. 저는 남들보다 못합니다. 그래서 스스로 제가 지루한 사람인 걸 알았고 못난이인 것도 알았어요. 주변에서의 침묵과 간간이 들리는 나에 대한 칭찬도 나를 이해하지 못하고 한 말이나, 내 행동을 잠잠하게 만들려고 하는 것이에요.

약물은요. 그냥 자해의 하나일 뿐이죠. 확실한 것은 구하기가 무지 힘들기 때문에 성공이 힘들다는 것입니다. 다시 졸음을 참으며 이 글을 쓰는 이유는 자살 협박일까요? 정말 유서일까요. 사실은 제가 아주 죽어서 사라지는 게 좋은 일이죠. 오히려 내 손해라고 볼 수 있죠. 하지만 감정의 파장을 생각하면 내 쪽 손해는 손해도 아니게 될지도 몰라요. 싫어하던 가족도 죽어버리면 슬퍼하던데 나만 빼고 멀쩡한 가정에서 내가 사라지면 그들의 일과가 무너질까봐 걱정되네요. 죽으면 걱정도 못 하지만 지금은 걱정할 수 있잖아요.

매일 똑같은 하루를 잘 버티고 있지만 나의 일을 하려고 할 때마다 무너지는 모습을 보면서 귀찮다고, 열등하다고 생각해요. 졸립니다.

이런 말을 하지 못하게 해서… 뭐가 달라질까요?

부정적인 성격은 죄송하게도 타고났어요. 이건 바뀌지 않을 거예요. 우리 가족이 없었으면 이미 죽었을 거고요. 우리 가족이 있어서 죽지를 못해요. 이게 족쇄인지 날 보호하는 알껍데기인지 모르겠는. 시점 동요와 흔들림. 바보와 천재를 오가는. 하지만 마음대로 정할 수는 없다. 잘 생각해야 할 것이고 그건 못하는 일.

감기는 눈은 정말 죽는 연습일까? 모순적인 사람이 싫어. 내가 싫다는 말이야. 요즘 내가 싫어했던 사람들이 떠오를 때마다 생각해. 너보다 나은 사람이야. 넌 쓰레기야. 맞아. 그렇게 되지. 뭘 위해 이러는지는 모르고 왜 이러는지 이유를 이분의 일 정도는 알잖니.

정말 추웠던 신촌 보일러는 뜨겁게도 뜨거운 날 주눅 들게 만든다. 모두 다 쓰레기 같아서 상냥한 사장님도 가짜 얼굴 같다. 그만하자. 그냥 겁만 주면 내 삶이 더 거지 같이 돼. 자살 협박이 유리한 쪽으로만 넘어가지는 않아.

이 글은 친필로 다시 쓸 거예요. 나의 머리를 뜯어놓은 글인데 정말이라는 걸 입증해야죠. 이 유서를 발견하지 못하더라도. 아~ 짐이 너무 많습니다. 이건 예의가 아닌데.

#26

그간 꿈속에서 살고 싶다던 나와 다르게, 요즘은 밤잠에 들기 전 묘한 긴장감이 든다. 꿈을 꾸지 않는다는 건 나의 선택지에 들지 못해서, 꿈을 꾸며 역동적인 감정변화를 겪어야만 잠을 잘 수 있는 것이다. 화낼 일도 없으면서 꿈만 꾸면 크게 화를 낸다. 뭐가 그리 답답하다고 화를 내는지 모르겠다.

오늘도 약을 처방받으러 혼자 병원에 향한다. 약물 자해는 하고 싶지만 할 생각은 없다. 어른이 되고 그 후를 감당하는 것은 나의 몫이 되었다. 하지만, 모순되게도 수면제를 타자마자 다 먹어버리고 싶다는 생각이 든다. 나를 잡아줄 사람이 없었다면 행했겠다.

몸에 닿는 모든 것이 가렵다. 잠을 잘 수가 없다. 자해 용도로 숨겨둔 수면제를 더 먹었다. 새 이불 탓일까 싶어 소파로 잠자리를 옮겼다. 소파가 무너져 내릴 것만 같은 착각이 든다.

#27

수능이 끝났다.

미술학원 선생님과 통화를 마쳤다.

나는 이번 주에 5층에서 뛰어내리려 했다. 하지만 이제 괜찮냐는 선생님의 말씀에 괜찮다고 말할 수밖에 없었다. 이제 믿을 건 내 실력밖에 없다. 더 이상 도망가서는 안 된다. 죽음으로 회피할 수 없다. 내가 죽지 않을 것을 알고 예전만큼 아프지 않다는 것을 안다. 단지 내가 지쳤다는 것, 그리고 그것만 이겨낸다면 다 괜찮을 거란 것. 그걸 계속해서 상기시켜야겠다.

입시는 더 이상 하지 않기로 했다.

#28

이석증에 걸렸다. 4일을 해파리처럼 핑핑 돌고 나서야 병원에 갔다. 나의 몸을 소중히 하라는 말을 듣고 나서였다. 어쩌면 종국에 구토를 해버려서 무서워져 병원에 간 것뿐일지도 모르겠다.

몸을 어떻게 아껴야 할지 모르겠다. 재수를 하면 사람이 한계까지 갔다 와서 뭐든지 할 수 있을 것 같은 기분이라던데. 나는 재수에 성공하지도 못했고, 한계에 가지 않도록 버티는 힘도 잃어버렸다. 항상 한계까지 버티고 그제야 주르륵 미끄러지곤 한다.

밥 냄새가 역하게 느껴진다. 아프다는 신호다. 그런데도 아플 때 글이 잘 나오는 것 같다고 글을 쓰고 있다. 사실 아픈 얘기뿐인 이 책을 누군가 사줄까 하는 걱정이 있어 확 죽어버리고픈 마음도 드나, 이제 나는 죽어버리지 않을 것이라는 걸 알아서 더 절망스럽다. 죽음을 선택할 용기가 없어서 절망스럽다.

우울증은 모든 감정을 우울로 바꾸었다. 뭉뚱그려진 감정. 그러지 않으려 긴말을 쓴다. 90페이지가량의 글은 우울하다에서 시작되었다.

책을 편집할 때 기분이 이상해지고는 한다. 밤에 혼자 깨어 작업하지 않도록 해야겠다. 이제 마음이 조금 안정을 찾은 것 같다고 생각했는데. 몇 번을 보아도 자살기도 날의 일기는 익숙해지지 않는다.

#29

내쳐지는 나를 붙잡아주세요.

더 이상 인간관계에 집착하고 싶지 않다. 어디에서나 인기 있는 사람이 부럽다. 학창 시절의 결핍 에피소드 때문일까? 그 때는 나를 좋아하는 친구가 없을 때였고, 그때의 허함이 지금까지 이어져서인지, 별로 좋아하는 사람들이 아님에도 못 보게 된다면 너무 슬플 것 같다. 나를 떠나지 않게 하려면 밝은 모습을 보여줘야 할 텐데 이제 그럴 수 없다.

결핍 없는 사람으로 태어나 건강한 정신으로 살고 있는 사람들이 부럽고 슬프다. 그들도 슬프고 우울하고 외롭겠지만 그렇다고 폐쇄병동에 가고 정신병원에 가고 수면제를 먹고 자야 하지는 않는다. 불운한 게 아니었어. 나는 원래 그런 사람이었어. 그리고 이제 죽어버릴 수도 없어. 항상 누군가에게 감시당하고 있어 나는. 죽지못하는 것이 오히려 고문이 되어 돌아온다. 얼굴이 멀쩡하게 피만 많이 흘리고 죽어버리는 것이 나의 소원.

모든 어른이 하듯이 아침에 일어나 씻고 밥을 차려 먹고 옷가지를 정리하고 깔끔히 옷태를 정리하는 일, 쓰레기를 잘 정리해 버리는 일, 집 안 구석구석을 청소하는 일…. 나는 그러한 일들을 할 수 없겠다.

#30

메시지가 있는 공포영화를 보고 싶다. 잔인한 것을 보지 못하던 나에게는 일종의 자해. 어린 시절 교회에서 보여주었던 예수의 영화 못질 당하고 매질 당하던 모습. 어린아이는 그것을 사랑으로 받아들일 수 있는가? 단지 잔인한 고문을 받는 남성으로밖에 보이지 않았다. 손목에 못이 박힐 때의 그 배우의 표정, 가시관을 두피에 씌워서 흐르던 피. 그런 장면만이 머릿속에 남았겠지.

피아노학원 차에서 내 얼굴을 발로 찬 남자아이, 아이들 앞에서 나를 무안 줬던 선생님, 자는 척하는 우리들을 두고 전화하며 울던 엄마, 중학교 교실에 나를 혼자 두고 가버린 친구들. 원망스러워지는 날입니다.

아무런 생산도 하고 싶지 않아서,

재봉틀은 쉬게 두고.

#31

취중 진담이라, 하지 못할 말을 터뜨려 버리곤 한다. 어떨 때는 터뜨려 버리기 위해 술을 마시곤 한다. 내 마음을 읽어주길 바라면서 사실은 너무 죽고 싶다고. 입원이 무섭기도 하다고. 나에게 말 못 한 비밀이 있다고.

허무하다. 막상 말하고 나면 너무나도 허무하다. 공허함을 나눠 가진 느낌이 든다. 모든 게 희미해져 가고, 야구공을 잡는 손처럼 턱 하고 어떤 생각이 걸리고 잠이 든다. 수면제를 먹어서 잠이 드는 건지 술기운인지 모를 상태로 왜인지 모르게 슬픈 표정으로 잠이 들고, 슬퍼하고 있는 친구들을 공감해 주면서도 귀찮아하며 잠이 든다.

아, 나는 너무 혼란스럽구나. 너무 혼란스러워서 혼란스러운 상태인지도 몰랐구나. 남을 이해해 줄 마음도 없어진 상태가 될 때까지 알아차리지 못했다. 쿵쿵대는 박동 소리가 커질수록 생각에 깊이 빠져들기는 더 쉽다.

#32

안 죽습니다.

오늘 대학병원 진료비 5만 원 나왔습니다.
딱히 특별한 내용은 없었고요.

고어 영상을 그만 보라고 하셨습니다.
고감각을 느끼다 보면, 그러다 보면,
평상시의 감각이 무뎌진다고

마약 하는 사람들은
아무런 즐거움을 느끼지 못한다고

아….

자해하는 나는 작은 상처에 무뎌진 거고
죽음에도 무뎌질 수 있겠죠.

약용량을 높여주시고 리튬 대신 다른 약을 주셨어요.

아.

저 좀, 제발.

죽여주세요.

#33

부표 같은 삶, 바다 표면의 스티로폼 부표처럼 점점 부서져서
멋대로 떠돌다가 암초에 걸려서 넘어지고 작아지고 물결
가는 대로 따라가고 닳고. 그런 삶을 원하고 행하고 있다.

이러니 집에 만 있고 싶은 건가. 자고 싶은 대로 자고, 먹고
싶은 대로 먹고, 하고 싶은 대로는 하지 못하는.

입시계획, 자살계획이 완벽했어도 엎어질 경우를
생각했어야 했어. 나는 멍청하지 않다고 믿었는데 병에 걸린
나는 멍청해져 버렸고 멍청한 나는 멍청한 선택을 하고
선택이라 할 수 없는 선택을 했다.

그냥 이번 기회는 없던 걸로 하면 안 되나? 나이는 안
먹고 한 번 더 해버리고 싶다. 어느 차원에 갇혀서 멈춘
시간속에서 회복하고 싶다. 따라갈 수가 없다. 성적은
상대적이라고 해도 절대적이라고 믿고 있다. 호전되고 있는
것이 다른 차원이 아니더라도 느끼고 있다. 약이 13개에서

10개로 줄었다. 자기 전에만 6알을 먹는데 잘 안 낫는다. 그래도 언젠가 나을 것이라고 믿는다. 남은 감정과는 싸워도 죽고 싶지는 않다.

#34

불운한 사람은 나야. 낙인 찍어버렸다. 이유는 대학진학 실패? 세 번의 자취의 결과? 만족할 줄 모르는 욕심? 누구는 알고있을까? 왜 내가 불운한지 말이야. 귀띔은 해주지 않길 바라. 내가 곧 무너져버릴 거라고 낙인 찍어 버렸으니까.

겨울이 싫어. 낭만적이지도 않고 더러워. 하지만 죽고싶지는 않아. 차갑게 죽어버리긴 싫거든. 그렇다고 여름에 죽느냐 하면 절대 아니지. 여름을 사랑하기 때문에 앞으로도 사랑받게 하고싶어. 나의 기일로 망쳐버리고 싶지 않아.

요즘은 어느 계절에 죽을까 계획하지 않아. 충동적 소비를 조심하라는 타로의 결과처럼 충동적 죽음을 조심해야해.

그리고 이 모든 생각이 우리집 작은 개 한 마리면 사라져버려.

#35

노력으로 안 될 건 없다!가 진리는 아니어도, 모든 게 내가 노력을 충분히 하지 않아서 생긴 일이다. 하지만 노력이 없었기 때문에 생긴 좋은 일도 있었겠지. 쓸데없는 체력 낭비도 없었고.

그렇지만 지금 상황은 나를 몰아세우게 될 만큼 좀 큰일이다. 노력이 내 생각보다도 더 필요했었나 보다. 정신과 진료를 적극적으로 받을 기회가 생겼지만, 그 과정은 아직도 남아있다. 응급실도 가고 경찰서도 다녀오게 되었다. 허구한 날 집에 구급대원을 들였다. 분명 죽으려 했는데 어찌저찌 살아있구나.

그리고 꾸질꾸질한 상태여도 사는 게 싫지 않구나. 우울증은 초기에 잘 잡히는 게 좋을 텐데. 만성 우울은 몰아세워야만 이런 치료를 받나! 수많은 만성 우울 환자들이불쌍하다. 그것이 본인의 정체성이 아닌데 떨칠 수가 없으니.

#36

모든 날이 후회되어서가 아니었다. 앞으로의 일만으로도 난 벅차서였다. 수습하려고 하지 않았다. 수습하지 못해서 그런 것이 아니었다.

도수 낮은 과일 술로도 속이 메스꺼워 온다. 이럴 줄 알았으면서 맥주를 한 캔 더 사 왔다. 술이 식어 맹맹하다.

요즘에는 기분이 맹하다. 오늘 안타까운 소식을 들어서 더 그런 느낌이긴 하다만, 근래 내 기분이 그랬던 것은 분명하다. 묘하게 기분이 언짢고 왜인지 모르겠다.

지하철을 타면 선로에 뛰어드는 상상을 하고 버스를 타면 창문으로 뛰어내리는 상상을 한다. 죽고 싶어서가 아니다. 단지 그러면 어떨까 하는 생각이다. 실행에 옮기지 않는 이유는 두 가지다. 하나. 실패하면 뒷감당 못하겠다. 둘. 죽는 건 되돌릴 수 없어서 조금 생각해 봐야겠다. 생각이 부족한 건지 생각이 없는 건지 모르겠다.

죽음은 되돌릴 수 없다. 내가 무언가 말을 하는 것도 되돌릴 수 없다. 똑같은데. 그치. 고칠 수 없다는 게 다르구나. 죽음은 고쳐 쓸 수 없군.

뭐랄까, 모든 게 믿기지 않는다. 아무것도 믿어지지 않아서 살고 있다. 실감이 나지 않기 때문에 살아있을 수 있다. 우리 가족 중 누가 죽는다 하면, 실감이 안 나서 죽 살게 될 것 같다. 다른 사람들은 어떨까. 내가 죽는다면.

#37

약에 좀 취했다.

수험공부를 포기하니 의욕이 생겼다. 자살할 의욕도 좀 생기긴 했으나 어쨌든 자살하지 않을 것이니까. 뭐 괜찮을지도.

약을 먹었더니 글을 쓰면서도 앞 내용이 기억이 안나고 읽어도 무슨 말인지 모르겠다. 내뱉는 방식의 글쓰기를 하고있다.

과복용을 한 것은 아니다. 수면제가 독해서 좀 휘청거리기도 하고 밤에 뭘 했는지 기억도 잘 안 나고 감정이 격해지기도 하고 그렇다.

자해 흉터는 어떻게 극복해야 하나. 내 자해 흉터가 싫다. 허벅지의 상처는 꿰매었어야 했는데 그러지 못해서 오돌토돌해졌고 손목은 희미하게도 자국이 남아서

문신으로도 온전히 가릴 수 없다. 어떡하면 좋지. 이걸
받아들일 자신이 없다. 감당이 안 되는 상처다.

도와주세요. 나에게 신은 없기 때문에 내가 나를
구원해야해. 졸린 건 어쩔 수 없어. 자기 살해는 안 해도 내
간을 망치려 하고 있어. 졸피뎀을 먹지 않고 모으는 나는
우울증은 아닌 것 같아. 단순 자해 중독 경계선인격장애일 뿐.

#38

절대로 변하지 않는 것은 없어도 절대로 안 되는 것은 있다. 내가 너를 따라잡는 일, 내가 없어지지 못 하는 일, 그것을 열망하는 일, 졸음을 참는 일. 나는 절대 살쪄서는 안 된다. 그것은 나의 자부심이자 행운이며 타고난 재능이니 잃을 수 없는 것이 되어버렸다. 우울해져 버린다. 공허해진다.

마음대로 써 갈기는 글은 끝이다. 끝으로 간다. 끝내야 한다. 끝내지 못하지만 절대로 안 되는 것은 없으니까 혹사한다는 말보다 혹사당한다는 말로 써야지. 우울함이 전염되는 것처럼 혹사도 우울처럼 내가 바라지 않는 걸로 알 수 있겠니.

그만해 주었으면 좋겠다. 나를 내버려 두는 일은 나를 안아 깨물어 주는 것과 같다. 나의 구부러진 어깨는 어떻게 보일까. 절대로 변하지 않는 것은 없다는 걸 알면서도 변하지 않겠다고 하는 순간 맥이 탁 풀리고 끝이다. 끝으로 간다. 끝내야 한다. 끝내지 못하지만.

#39

사람이 바뀔 때, 그것을 알아차렸을 때의 비통함.

가진 것이 많은 사람이 되어서 잃을 것도 많은 사람이 되었다. 당신들을 사랑하여 슬프다. 가진 것으로 생각하면 포근한데, 잃을 것으로 생각하니 두렵다. 그러니까 가진 것으로 생각하겠다. 너희들을 사랑하니까 사랑하는대로 굴겠다.

밥을 해주고 안아주겠다. 뇌 속에 들어찬 두부를 파헤쳐 줌에 고마워하겠다. 그리고 그들의 뇌 속에 들은 두부 속에서 구출해 주겠다. 당신 그대로에게 키스해 주겠다. 입과 입을 맞댄다는 의미보다 더 담겠다. 사람의 추한 면모를 인정하겠다. 너 하나뿐인 게 아니라 모든 사람을 인정해 보도록 하겠다. 사랑해. 무조건적 사랑을 한번 믿어볼게. 18살의 나와 180도 다르게 말이야.

#40

하강 없는 삶. 내가 원하던 삶. 포기하니 안정적으로 되어버린 삶. 이유 있는 우울이었나? 나의 기질이었나.

더 이상 한강에 가지 않는다. 물결을 하염없이 바라보지 않는다. 마음 가는 대로 살고 있구나. 나의 병이 꾀병처럼 보이는 때가 왔구나.

하지만, 배고픔을 느끼듯이 떠오른다. 아. 죽고 싶다. 하고. 죽고 싶다는 것은 행복하게 살고 싶다와 비슷해 보여도 다르다. 죽음을 원하는 것은, 행복도 원하지 않을 정도의 상태라는 의미다.

우리 살자, 라는 단순한 말에 산다. 그런 단계가 되었다. 포기한 삶은 실패한 게 아니었다. 말 그대로 포기한 '삶'을 사는 사람이었다. 사는 건 성공한 것도 실패한 것도 아니었다. 그냥 사는 거야. 그걸 깨닫자. 너는 불쌍하지 않아. 너는 불행하지 않아.

#41

사랑하는 너를 삼킬 수는 없잖아. 각자의 개체인 것이잖아. 너의 일-부도 될 수 없는 게 사실인걸. 우리는 남인 걸. 엉킨 머리카락처럼 하나로 보여도 각각 떨어져 있지. 내가 너를 예측하여 딱 맞추더라도 그뿐이야. 네 생각을 아는 건 아니잖아.

그러니딱붙어있자딱붙어서떨어지지말자꼭붙어같이가는거야.

#42

현비야. 우리 살자. 살아서 외국어도 배우고, 기도도 하고, 디자인도 하자. 사랑도 하고, 헤어져도 보고, 데여도 보자. 울기는 많이 울었으니까 패스할래?

일단 살아야 맛있는 것도 먹고, 행복해져 보고, 나도 만나지 않니. 네가 싫어하는 사람 같이 싫어하자. 싫은 건 나쁜 게 아니야. 살아있는 느낌인 거야. 슬픔도 나쁜 게 아니야. 기쁨을 위한 거잖아.

우울증에는 술이 안 좋다면서도 소주를 시키던 그날처럼. 그저 생각 없이 굴자. 우리 한강에 그만 매달리자. 경찰들도 그만 만나자. 응급실에 그만 가자.

나는 살고 싶으니까, 너도 살자.

마치며

나의 바닥에서 만난 사람들을 사랑하지만, 같이 바닥을 치고 올라오지 않으면 안 되었다. 같이 올라와 주길 바라며 나를 사랑해 주어서 고마웠다고 말하고 싶다. 나의 옆에서 묵묵하게 지켜봐 준 도희에게 감사하고 사랑한다. 나를 기다려 준 엄마, 아빠, 언니들을 사랑한다. 글을 쓰는 것을 지지해 주어서 감사합니다. 앞으로도 내쳐지는 나를 붙잡아주세요.

다섯 번째 유서

초판 1쇄 2023년 12월 10일
개정 2쇄 2024년 5월 23일
개정 3쇄 2024년 8월 13일
글 여연경
디자인 여연경
표지 여연경

이메일 sfy8888@naver.com
발행처 인디펍
발행인 민승원
출판등록 2019년 01월 28일 제2019-8호
전자우편 cs@indiepub.kr
대표전화 070-8848-8004
팩스 0303-3444-7982

정가 10,000원
ISBN 979-11-6756553-2 (03810)